MARVEL

SPIDER-MAN

W0364263

7 Histoires pour la semaine

hachette
JEUNESSE

MARVEL

Directeur : Antoine Béon
Responsable éditoriale : Adélaïde Lebuy
Responsable artistique : Pauline Ortlieb
Édition : Naïma Timzouert
Fabrication : Anne-Laure Soyez
Adaptation des textes : Christophe Rosson
Maquettiste : Valérie Salvo
Relecture : Catherine Rigal

SOMMAIRE

MARVEL SPIDER-MAN

★ LUNDI ★

LES ORIGINES DE SPIDER-MAN

Peter Parker est un lycéen sérieux. Cependant, ses bonnes notes font des jaloux parmi ses camarades. Flash Thompson passe son temps à le harceler. Un matin, il s'amuse à le bousculer dans le couloir.

Peter tombe par terre, et ses affaires volent dans tous les sens !

— Regarde où tu marches, Parker ! ricane Flash.

Heureusement, chez lui, Peter peut compter sur le soutien de sa Tante May et de son Oncle Ben.

— Je sais que tu veux devenir chercheur, Peter, lui répète souvent Oncle Ben. Mais n'oublie pas : la science, c'est le pouvoir. Et un grand pouvoir implique de grandes responsabilités.

Un après-midi, lors d'une visite scolaire dans un laboratoire scientifique, Peter est tellement fasciné par les expériences présentées qu'il ne remarque pas la petite araignée radioactive qui s'approche de lui.

Tout à coup, l'araignée se pose sur la main de Peter... et le mord ! Le garçon n'imagine pas à quel point cette simple morsure va bouleverser sa vie. Car peu après, Peter développe des pouvoirs. Il peut escalader les murs et possède une force surhumaine. Il a également un sens d'araignée qui l'alerte lorsqu'un danger approche.

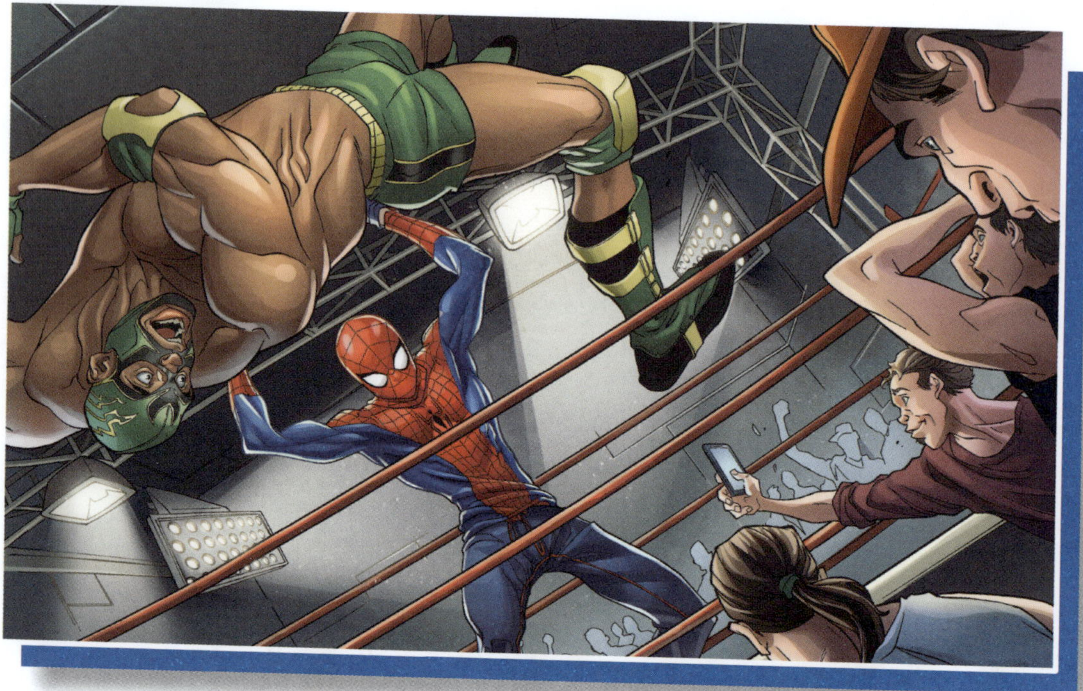

Peter se confectionne un costume pour que personne ne le reconnaisse lorsqu'il se servira de ses pouvoirs au grand jour. Pour le moment, il utilise ses nouvelles facultés pour gagner de l'argent de poche comme catcheur !

Un soir, en sortant de la salle de sport, il surprend un voleur qui vient de dérober la caisse de la salle. Mais Peter le laisse filer.

Ce même soir, quand il rentre chez lui, Tante May lui apprend qu'Oncle Ben s'est fait agresser par un inconnu. Lorsqu'un policier leur révèle que le criminel s'est réfugié dans un vieil entrepôt, Peter décide d'intervenir !

Le jeune homme enfile son costume de Spider-Man et fonce s'occuper de la personne qui a tué Oncle Ben. Il compte bien le venger !

Spider-Man arrive dans l'entrepôt où se cache le criminel et l'emprisonne dans une toile. Il découvre alors que cet homme est le voleur qu'il a laissé s'échapper de la salle de sport ! « Si j'étais intervenu à ce moment-là, Oncle Ben serait encore en vie », regrette Peter. Et il se jure de ne plus commettre la même erreur. À partir de maintenant, il luttera sans relâche contre le mal.

Le lendemain, tout le monde ne parle que de Spider-Man.

— Il est trop fort, Spidey ! affirme Flash en lisant un article qui parle du nouveau héros.

Peter sourit. Flash ne se doute pas que Spider-Man... c'est lui !

« Un grand pouvoir implique de grandes responsabilités », lui répétait souvent Oncle Ben. Peter est fermement décidé à honorer sa mémoire. Les méchants n'ont qu'à bien se tenir !

MARVEL SPIDER-MAN

MARDI

LES DEUX SPIDER-MAN

Miles Morales était un garçon comme les autres, jusqu'au jour où il a reçu ses pouvoirs d'araignée. Depuis, Peter Parker lui donne des cours particuliers pour qu'il devienne un super-héros.

Un jour, pendant une visite scolaire au zoo, Miles et son ami Ganke voient une horde de bêtes débouler devant eux ! Mais Miles ne peut pas enfiler son costume, sinon il révélerait son identité de Spider-Man.

Tout à coup, Rhino jaillit des bois. Le méchant fonce sur Miles.

— Attention ! s'égosille Ganke. Il va te piétiner !

Heureusement, Spider-Man surgit ! Il saisit Rhino par sa corne avec une toile d'araignée. Miles pousse un soupir de soulagement en voyant son ami. Ouf... Il ne sera pas obligé de dévoiler son secret.

Mais soudain, Rhino fait une ruade,
et Spidey s'écroule par terre.
— Hé, Pete... euh, Spider-Man !
lance Miles. Tout va bien ?
Peter n'a pas le temps
de répondre car
Rhino l'attrape
par la cheville.

Comme Spider-Man est projeté à vingt mètres, Miles se retrouve seul face à Rhino. Mais le jeune héros ne bouge pas d'un cil.

— Personne ne s'en prend aux animaux et aux enfants quand je suis là, déclare Miles.

L'adolescent s'assure qu'aucun de ses camarades de classe ne peut le voir. Ils sont tous partis, y compris Ganke. Parfait ! Miles se rappelle les mots de Peter : « Un grand pouvoir implique de grandes responsabilités. » Aussitôt, il enfile son masque et son costume.

Miles vole à la rescousse de son ami. Il se jette sur Rhino, le percute en pleine tête, et le méchant lâche Peter.

— Occupe-toi des animaux avant qu'ils ne causent trop de dégâts ! ordonne Peter à Miles.

— Tu ne préfères pas
que je t'aide à vaincre
Rhino ? se désole Miles.
Peter s'apprête à
répondre, lorsque Rhino
lui donne un coup
de corne dans le derrière.
— Aïe ! hurle Peter.

Déçu, Miles va tout de même s'occuper des animaux. Il commence par museler un crocodile avec une toile. Puis, il grimpe à un arbre pour aider un panda roux à descendre en toute sécurité !

Le héros maîtrise ensuite un lion en électrifiant l'air autour de lui – ça, c'est un pouvoir que Peter ne possède pas. Bientôt, tous les animaux ont regagné leurs habitats naturels.

Soudain, Peter se retrouve projeté à ses pieds.

— Que dirais-tu d'un petit combat contre Rhino ? demande-t-il à Miles.

— J'ai cru que tu ne me le proposerais jamais ! sourit ce dernier.

Les deux Spider-Man forment alors une équipe du tonnerre.

— Le courant passe super bien entre nous ! plaisante Miles en électrocutant Rhino.

— Super vanne, Miles ! le félicite Peter.

Rhino s'écroule, assommé.

— Je te laisse dire la dernière vanne, Miles, propose Peter.

Miles réfléchit, puis se lance :

— Avec deux Spider-Man contre toi, tu risques d'attraper une rhino !

En fin de journée, les deux héros s'offrent un goûter bien mérité.

— D'habitude, quand on arrête un méchant, on l'enferme en prison, remarque Miles.

— Pour Rhino, réplique Peter, je me suis dit que le zoo ferait l'affaire !

MARVEL SPIDER-MAN

MERCREDI

L'ATTAQUE DU SYMBIOTE

Peter Parker a réuni ses amis Miles Morales et Gwen Stacy sur un toit de New York pour une séance d'entraînement.

— Pour devenir des super-héros, il faut travailler d'arrache-pied, affirme-t-il.

Miles et Gwen ne perdent pas une seconde.

Miles commence par
une série de pompes.
— … quarante-huit…
quarante-neuf…,
compte-t-il à voix haute.
Gwen, elle, s'échauffe
avec une corde à sauter.

— Hé, les amis, lance soudain Gwen, mon sens d’araignée s’agite. Il y a une menace à proximité.
Elle ne croit pas si bien dire : au pied du bâtiment, de longs tentacules noirs jaillissent des égouts.

Ils saisissent les passants et les projettent en l'air. Miles réagit au quart de tour : il tisse une toile en travers de la rue pour que les piétons retombent dessus sains et saufs.

C'est alors que Venom fait son apparition au milieu des tentacules. Il n'y a pas une seconde à perdre ! Spidey et ses amis descendent de leur immeuble pour l'affronter.

Miles s'apprête à utiliser son venin paralysant. Ghost-Spider, elle, rattrape un éclat de façade qui allait s'écraser sur un groupe de touristes. Quant à Spider-Man, il bondit pour esquiver un tir de tentacules de Venom.

Spidey profite ensuite d'un répit pendant que Venom reprend des forces pour passer à l'attaque. Il décoche une série de toiles ultra collantes qui atteignent le symbiote en plein visage.

— Ça devrait l'occuper le temps que la police arrive, dit Peter à ses amis.

Pourtant, Spidey a tort de fanfaronner, car Venom réussit à se libérer en un clin d'œil.

VLAN ! Le méchant assomme ensuite Peter d'un tir de tentacules dans le dos.

— À qui le tour ? menace alors Venom.

Ghost-Spider se tourne vers Miles :

— Je crois savoir comment l'arrêter. Occupe-le pendant que je prépare mon canon sonique.

— Compte sur moi, répond Miles.

Miles lance aussitôt son venin paralysant sur Venom. De son côté, Ghost-Spider va chercher son canon sonique. Cette fois, les deux amis vont devoir se débrouiller sans Spidey.

— Bouche-toi les oreilles, Miles ! lance Ghost-Spider en revenant. J'ai réglé mon canon au maximum !

Miles obéit, tandis que les premières voitures de police arrivent sur les lieux.

— Trois, deux, un..., compte Ghost-Spider. FEU !

VUUU ! VUUU ! Le canon sonique de Ghost-Spider produit une onde assourdissante. Comme le symbiote ne supporte pas le bruit, l'onde fait progressivement fondre Venom.

— Stop ! supplie le méchant en s'efforçant de conserver sa forme maléfique.

— Continue comme ça ! crie Miles pour encourager son amie.

Très vite, Venom n'est plus qu'une flaque de matière gluante noire au milieu de laquelle se trouve Eddie Brock, l'hôte de Venom. Les policiers viennent aussitôt lui passer les menottes.

De leur côté, Miles et Ghost-Spider courent prendre des nouvelles de Spidey.

— Qu'est-ce qui s'est passé ? leur demande celui-ci.

— L'entraînement a fini par payer, révèle Ghost-Spider. On s'en est sortis tout seuls !

MARVEL SPIDER-MAN

JEUDI

LA FOUDRE ET L'EAU

Peter Parker et Gwen Stacy se reposent sur un toit de New York, après une mission.

— Tu n'as pas l'air dans ton assiette, Peter, s'inquiète Gwen.

— Je n'ai pas dormi depuis avant-hier, lui confie son ami. Je cours après un méchant qui cambriole les magasins d'informatique. Le seul indice dont je dispose est qu'il grille les systèmes de sécurité à chaque fois…

— C'est sûrement un coup d'Electro, estime Gwen avec un sourire. Neutraliser les systèmes électriques, c'est sa spécialité.

— Oui, mais normalement, Electro est toujours en prison, nuance Peter.

— Mince…, se désole Gwen. Ça me fait penser à des cambriolages sur lesquels j'enquête, qui ont eu lieu dans mon quartier. Aucun signe d'effraction hormis des traces humides sur les lieux des crimes.

— Je crois que j'ai ma petite idée sur l'identité de ton cambrioleur, déclare Peter.
— Ça tombe bien, réplique Gwen, je crois savoir qui est le tien !
Les deux héros décident donc de collaborer.

Les amis organisent une fausse inauguration de magasin d'informatique. Ils installent une grande bannière jaune et partent ensuite distribuer des tracts dans les rues. Tout est mis en œuvre pour attirer l'attention des cambrioleurs !

Peter et Gwen n'ont pas à attendre très longtemps. Le sens d'araignée de Peter lui permet de détecter un filet d'eau qui se dirige vers le faux magasin. Presque comme si l'eau était vivante...

Le filet devient un petit ruisseau qui se glisse sous le volet métallique du magasin. Puis, il prend la forme d'Hydro-Man. Le cambrioleur qui sévit dans le quartier de Gwen est enfin démasqué !

Au même instant, Ghost-Spider repère une ombre qui se faufile derrière le magasin. Celle-ci force la porte grâce à une décharge électrique.

— Je te tiens, triomphe tout bas Gwen.

Une fois dans le magasin, la créature électrique se met à briller comme une ampoule. Gwen avait raison, le responsable de ces cambriolages est bien quelqu'un qui maîtrise l'électricité. Ce n'est pas Electro, mais son clone Francine Frye !

Hydro-Man pénètre à son tour dans le magasin. L'endroit lui paraît désert, mais le méchant aperçoit une lueur dans un coin. Et derrière cette lueur... une ombre.

— Serait-ce Spider-Man ? s'inquiète-t-il.

Hydro-Man se jette sur l'ombre, prêt à neutraliser l'homme-araignée. Or, cette silhouette n'est autre que celle de Francine Frye ! Et elle ne compte pas se laisser faire. Ce magasin est sa cible !

Bien décidé à se débarrasser de celle qu'il prend pour Spider-Man, Hydro-Man propulse une vague sur cette mystérieuse ombre.

Au même instant, Francine projette une décharge électrique, créant une immense explosion ! Les deux méchants assommés, Peter et Gwen en profitent pour entrer en jeu.

Spider-Man bondit hors de sa cachette et entoile Hydro-Man. Il se dépêche avant que le méchant ne reprenne sa forme aquatique.

— Tu ne me glisseras pas entre les toiles ! claironne-t-il.

De son côté, Ghost-Spider plaque Francine Frye au mur.

— C'est quand même plus facile quand nos adversaires se neutralisent eux-mêmes avant qu'on intervienne ! plaisante Gwen avec Peter.

MARVEL SPIDER-MAN

VENDREDI

COURT-CIRCUIT

Peter Parker se promène dans Times Square avec Gwen Stacy et Miles Morales, quand soudain...

— Mon sens d'araignée se réveille ! s'exclame-t-il.

Miles et Gwen confirment : eux aussi sentent une menace dans les environs.

L'image d'Electro apparaît alors sur les écrans géants de Times Square.

— Je vais m'emparer de l'électricité de la ville ! tonne le méchant. Et personne ne pourra m'en empêcher !

Alors que les trois amis enfilent leurs costumes de super-héros, un accident se produit dans la rue.
— Séparons-nous ! suggère Miles. Vous vous occupez de l'accident, et moi je pars arrêter Electro.

— Attends, objecte Gwen. Nous devons travailler en équipe !

Les trois super-héros viennent donc en aide aux automobilistes accidentés. Mais, une fois les civils sauvés, Miles prend discrètement la poudre d'escampette.

— Il est grand temps d'aller régler son compte à Electro, décide Spidey. Qu'en dis-tu, Miles ?

Comme celui-ci ne répond pas, Peter répète :

— Miles ?

— Mais où est-il passé ? s'interroge Gwen.

De son côté, Miles a suivi une piste qui l'a mené à Electro, dans un tunnel du métro. Il s'approche du méchant en silence, mais son pied heurte malencontreusement une canette de soda ! Bien sûr, le bruit attire l'attention d'Electro...

Il parvient à immobiliser Miles en un clin d'œil quand, soudain, Spidey et Ghost-Spider arrivent à la rescousse. Gwen tente d'entoiler le méchant, mais il la repousse d'une décharge surpuissante.

Spidey rattrape son amie au vol grâce à une toile, juste avant que le métro ne l'écrase. Une fois que la rame est passée, les deux super-héros découvrent qu'Electro s'est volatilisé… et qu'il a emporté Miles avec lui.

Spider-Man et Ghost-Spider se lancent à leur poursuite. Ils inspectent tout le quartier depuis les airs. Enfin, ils retrouvent la trace d'Electro dans la centrale qui alimente New York.

— Il ne me reste plus qu'à pirater le système pour absorber l'électricité ! triomphe déjà Electro. Miles est ligoté, il ne peut rien faire. Tout à coup, Spider-Man surgit par une fenêtre !

— Spider-Man ! s'écrie Electro. Ainsi, tu crois pouvoir m'arrêter tout seul ? Ha ! Ha ! Tu aurais dû dire à ta petite copine de venir t'aider !

— Eh bien, justement..., réplique Spidey. À toi de jouer, Ghost-Spider !

Gwen entre aussitôt en scène. Electro se retrouve collé au mur, et Spidey en profite pour libérer Miles.

— Et je précise que je ne suis pas petite ! s'indigne Ghost-Spider.

Malgré ses liens, Electro parvient à se libérer, et il est fou de rage.

— RÂÂÂÂÂH ! rugit-il.

Le méchant projette un nouvel éclair. Spidey, Ghost-Spider et Miles Morales se mettent vite à couvert.

Spider-Man a soudain une idée :

— Miles ! s'écrie-t-il. Ton venin paralysant, vite !

Sans hésiter une seconde, Miles vise Electro et l'inonde de venin paralysant. La substance court-circuite Electro et le neutralise.

POLI

Electro est à présent hors d'état de nuire.
— Ne le laissez pas recharger ses batteries ! recommande Spidey au policier qui l'emmène.
— Désolé d'être parti seul, s'excuse finalement Miles.
— Ce n'est pas grave, le rassure Peter. Mais n'oublie pas qu'on est une équipe. Les méchants n'ont aucune chance quand on s'y met tous les trois !

MARVEL SPIDER-MAN

SAMEDI

JOUR DE LESSIVE

Une grande exposition high-tech ouvre dans quelques heures. Peter a hâte de s'y rendre ! Il est en train de se préparer quand Tante May vient frapper à sa porte.

— C'est jour de lessive aujourd'hui, mon grand, lui rappelle-t-elle.

Or, le lave-linge familial est en panne. Peter va devoir se rendre à la laverie.

— Avec toute cette lessive à faire, je vais sûrement rater l'expo, se désole-t-il.

Heureusement, Peter a une petite astuce pour gagner du temps. Au lieu de prendre le métro comme le ferait Tante May, il lui suffit d'enfiler son costume de Spider-Man et... zou ! Il fonce à la laverie en se balançant de toile en toile, au-dessus des rues du quartier. Si tout se passe bien, il aura le temps de laver ses affaires puis de visiter la grande exposition.

Spidey passe d'un immeuble à l'autre sans remarquer la présence du Vautour. Le méchant rôde dans le coin car il a prévu de piller les caisses de l'exposition.

— Spider-Man ?! s'étrangle-t-il. J'espère qu'il ne va pas me mettre des bâtons dans les roues.

Mais le Vautour n'a rien à craindre : Peter est trop occupé à laver son linge pour s'intéresser à lui. Et surtout, son sens d'araignée ne le met pas en garde !

Spider-Man multiplie les allers-retours entre sa maison et la laverie. Le Vautour l'espionne, perplexe devant ces allées et venues. Et si Spider-Man avait connaissance de ses plans pour l'exposition et cherchait à l'arrêter ?

Quand, enfin, Spidey a rapporté le dernier chargement de linge chez lui, il ne lui reste plus qu'à se changer avec ses habits normaux pour aller visiter l'exposition. Mais soudain, son sens d'araignée se réveille...

Une fraction de seconde plus tard, le Vautour fend le ciel et s'abat sur Spider-Man. Le méchant plante ses serres dans les épaules du super-héros et l'entraîne vers les nuages.

— Le Vautour ?! s'étonne Spidey. Dis donc, toi aussi tu devrais passer à la laverie ! Ton costume sent un peu le bouc, je trouve...

Mais son adversaire ne l'écoute pas : une fois suffisamment haut, il le lâche dans le vide !

Spidey actionne aussitôt ses lance-toiles. D'un bras, il s'accroche à un immeuble, tandis que de l'autre, il saisit le Vautour par une cheville. Ce dernier se débat pour tenter de se dégager. Heureusement, les toiles de Spidey sont solides !

Grâce à un dernier effort, Spider-Man réussit à projeter le Vautour à travers la baie vitrée d'un appartement. Le cambriolage du méchant vient de tomber à l'eau.

Spider-Man récupère ses affaires sur le toit où il a dû les abandonner. Il a encore le temps de se changer pour aller visiter l'exposition. Mais tout à coup, son sens d'araignée l'alerte de nouveau...

Le château d'eau installé derrière lui est en train de s'écrouler ! Spidey a tout juste le temps de se retourner pour bloquer sa chute. Il pousse de toutes ses forces et réussit à le redresser.

Alors, le héros ramasse le baluchon qui contient ses habits de Peter Parker. Ceux-ci sont à présent trempés.

— Je ne peux pas aller à l'exposition comme ça..., se lamente-t-il.

Une seule solution s'offre à lui : retourner à la laverie pour sécher ses affaires... sous le regard amusé des autres clients.

— Qu'y a-t-il ? leur lance Spidey. Ne me dites pas que vous n'avez jamais vu de Spider-Man faire sa lessive !

MARVEL
SPIDER-MAN

DIMANCHE

VIRÉE AU JURASSIQUE

— Pour Asgard ! s'écrie Thor en lançant un éclair sur l'Enchanteresse.
Hélas, son ennemie bloque l'attaque et réplique :
— Désolée de te quitter, Thor, mais j'ai un travail à terminer sur Terre !

À peine la méchante a-t-elle disparu que Thor retrouve Heimdall, le gardien du Bifröst qui relie Asgard aux autres royaumes.

— Heimdall, ouvre le pont !

Le gardien obéit et Thor est envoyé sur Terre.

Dès que les Gardiens de la Galaxie apprennent l'évasion de l'Enchanteresse, Star-Lord s'écrie :

— Elle menace ma planète natale !

— Je s'appelle Groot, s'indigne Groot.

— Il a raison, on y va, décide Rocket.

Au même moment, sur Terre, Spider-Man remarque une lumière qui jaillit de Central Park.

— Ce n'est pas le moment de lancer des feux d'artifice, s'étonne l'homme-araignée. Je ferais mieux d'aller voir de plus près !

Spidey arrive sur place alors que l'Enchanteresse est en train de prononcer un étrange sortilège. La méchante est enveloppée dans un bouclier d'énergie ! Voilà que Thor apparaît, et il n'a pas l'air content.

Enfin, les Gardiens de la Galaxie débarquent à l'instant où leur ennemie s'exclame, en les narguant :

— Grâce à mon sortilège temporel, je vais devenir plus puissante que vous tous !

C'est alors que le Docteur Strange surgit à son tour de nulle part !

— Pour contrer la magie, il faut utiliser la magie ! dit-il.

— Non ! panique l'Enchanteresse. Mon sortilège ne doit pas être interrompu !

Spider-Man, le Docteur Strange et Drax, qui se tenaient le plus proche de la méchante, sont instantanément projetés dans une autre dimension. Ils se retrouvent au milieu d'un troupeau de vélociraptors !

— Tous aux abris ! s'écrie Spidey.

Hélas, il n'y a aucune cachette possible. Le Docteur Strange s'élève dans le ciel et prononce un nouveau sort qui fait s'envoler Spidey et Drax. Et comme si cela ne suffisait pas, les grondements d'un tyrannosaure se font entendre !

Les vélociraptors ne pourchassaient pas les super-héros. En réalité, ils fuyaient la charge du T. rex ! Et celui-ci décide de délaisser ses proies pour s'intéresser aux trois arrivants...

— Tiens, observe alors Spidey. Nous ne sommes pas les seuls à avoir atterri ici !

Car il a repéré l'Enchanteresse, coincée sous un arbre déraciné.

— Distrayez le T. rex, je m'occupe d'elle ! ordonne le Docteur Strange.

Tout à coup, un vol de ptérodactyles donne une idée à Spidey. Il projette une toile sur l'un d'eux et s'y balance avec Drax. Le tyrannosaure se fige, fasciné par ce spectacle.

Le Docteur, lui, a libéré l'Enchanteresse. Sous son ordre, la méchante fait apparaître un rayon lumineux afin de les ramener à leur époque. Les quatre personnages se volatilisent juste avant que le T. rex ne les piétine.

Ils réapparaissent dans Central Park, où Thor s'empare de l'Enchanteresse.

— Mais où étiez-vous ? demande l'Asgardien.

— Nulle part, rigole Spidey. Nous avons juste joué à cache-cache avec des dinosaures !

Édité par Hachette Livre – 58, rue Jean Bleuzen – 92178 Vanves Cedex
Imprimé par Macrolibros en Espagne – Achevé d'imprimer : juillet 2021
ISBN : 978-2-01-204830-0 – Édition : 01 – Dépôt légal : juillet 2021
Loi n°49-956 du 16 juillet 1949 sur les publications destinées à la jeunesse.

Pour tout renseignement concernant nos parutions, nous contacter
par e-mail : disney@hachette-livre.fr